— 野村 장동수 시집 —

덧셈과 뺄셈의 삶

野村 장동수 시집

덧셈과 뺄셈의 삶

지구문학

| 시인의 말 |

시인의 생명과 삶속에서 돋아난 시 66편을
편집하여 두 번째 시집《덧셈과 뺄셈의 삶》을
발간하게 되었습니다.
인생여정에서 고달프고 어둠 속에 헤매일 때
마음의 평안과 삶의 등불이 되기를
젊은이는 덧셈의 삶으로 꿈을 이루고
노인들은 뺄셈의 삶으로 마음의 풍요와
품격 높은 어른이 되는데 도움이 되기를
시 해설을 해 주신 지구문학 양창국 회장과
시집 발간에 축하 頌詩를 보내준 錦村 채종배 직장선배에게
감사를 드리옵고
시집의 표제와 그림 그리고 시에 조화를 이루는 삽화를 그려준
아내 秋野 이경자 여사와 출간에 성원을 해 준 가족들에게
감사와 사랑의 인사를 보낸다.

2023년 봄

황혼녘 서재에서 野村 **장 동 수**

차례

1부 _ 황혼 인생의 삶

2부 _ 사랑이란

차례

3부 _ 봄의 전령

4부 _ 덧셈과 뺄셈의 삶

차례

제 1 부

황혼 인생의 삶

황혼 인생의 삶

인간은 영원으로부터 와서
유한으로 살다가
영원으로 되돌아가는 존재 아닌가

누구나 생(生)을 시작하면서
주사위가 던져진 운명의 삶을 사는 것

바람과 구름 같은 인생을
나그네 길에서 가슴으로 느끼는 행복을
지난 세월에 얼마나 버무리며 왔는지

삭막하기만 하던 삶속에
인간만이 아닌 우주 만물도 사랑하고 나눔하기에
얼마 남아 있는지
신에게 물어도 침묵으로 답하겠지

세월은 흘러가도 사랑과 나눔의 추억과 향기는
꺼지지 않는 생명의 불꽃인 것을

노을에 물든 내 마음을
달빛에 품어 보내오

황혼 인생을 마지막 황금기라 여기면서
사랑의 종소리를 울리면서
더 많은 추억의 씨앗을 뿌리는 삶이기를

서해 바다를 가다

코로나19 사태의 우울함을 치유하고
삶의 지평선이 무너지는 허무(虛無)함을 끝내고자
고향 서해 바다를 찾아갔었다

석양에 물든 바다의 풍경과 아름다운 저녁노을은
고향 정취(情趣)를 물씬 내뿜고 있네

밀물이 들어오면서 하는 말
지금껏 덧셈의 삶으로 충실히 살아왔느냐고

썰물이 나가면서 하는 말
이제는 뺄셈의 삶으로 가볍게 살아가라고

해변에 처얼썩 부딪치는 파도
갈매기 무리의 힘찬 날갯짓은
지쳐 있는 삶에 활력을 충전하라네

서해 바다 여행은

내적 외적으로 재충전하고
일상의 삶으로 돌아오게 하는 잊을 수 없는
여행이었다

보고파라 내 고향

고향 떠나온 나그네
꿈속에서도 그리워 잠 못 이루고
늦가을 저녁노을도
찾아가서 함께하는 동네
보고파라 내 고향

봄 여름에는
개나리꽃이 노랗게 물들이고
참새들이 지저귀는 사랑노래들

가을 겨울에는
황금물결이 넘실거리는 넓은 들판
흰 눈 덮인 아름다운 산야(山野)들
내 고향 대야(大野)의 풍경(風景)이여

고향에 찾아가면
부모님은 천국에 계시기에 뵈올 수 없지만
언제나 반갑게 포근하게 안아주는

어릴 적 친구들과 고향의 숨결이여

고향의 파란 하늘은 구름밭에 우물을 만들어
그리운 얼굴들을 비춰주기에
더할 것도 뺄 것도 없는 그 시절을 잊을 수 없어라

세월의 무늬는 겹겹이 쌓여지지만
생명의 불꽃이 다할 때까지
고향의 추억들은 더 선명(鮮明)해진다

고향을 떠나올 때
고향의 저녁노을도 이별의 아쉬움을
화려한 물감으로 눈부시게 쏟아 내려준다
고마워 내 고향이여

잠 못 드는 가을밤이여

솔밭 사이로 달빛은 밤의 서늘함을 돋우고
새들도 보금자리 숲으로 찾아가지만
밤벌레들 우는 소리에 잠 못 이루는 가을밤이여

가을 들판 드넓어 밤하늘이 나무에 걸려 있고
달빛도 강물 위에 비춰 우리에게 더 가까이 다가온다

창밖을 내다보니
뒷산 푸르던 나뭇잎도 낙엽 되어 떨어지고
기러기떼 북녘으로 무리지어 날아가는 쓸쓸한 밤이네

향수의 눈물은 강물에 안겨주고

소나무에 걸린 달
찬란히 쏟아지는 별빛들
그리고
낙엽 지는 고통소리
귀뚜라미 이별의 노래들

가을밤의 정취(情趣)와 아쉬움을
시골집의 사립문을 열어놓고 맞이하고파

벌거벗은 나무 한 그루

가을 한낮에 평생 동반자와 함께
모처럼 양재천 산책로를 걸었다

풀꽃들과 단풍 물든 숲길 속에서
벌거벗은 나무 한 그루를 보았지

불볕 더위와 혹한 추위도 견디어내고
살아있는 외로운 생명체여

메마르고 혼탁한 이승이지만 저승보다는
삶의 의미가 있음을 일깨워 주는 스승이네

인간에게 기쁨과 휴식처도 선물하지만
인간에게 원망도 미워하지도 않고
홀로 굳세게 살아가는 나무의 품성(品性)이여

집에 돌아와서
잠을 이루지 못함은

겨울의 혹한으로 동상 걸릴까 걱정스러워서

잊을 수 없어라
인간에게 혼자 생존하는 지혜와 자립심의 모범을
보여주는 신성한 나무이기에

사랑하는 임에게

사랑하는 임이여

그대 사랑의 온기와 헌신으로 평온한 삶을
지금껏 살아왔음에 감사드리오

인생여정 황혼길에 도착한 지금도
임에 대한 나의 사랑은 변함없어요

처음 만나 사랑하던 그때처럼 진실하기에
그리고
나의 숨결은 그대의 숨결과 함께하고
나의 가슴도 그대의 가슴에 얹혀 있기에

사랑하는 임이여
인생의 모래알이 다하는 그날까지

임을 위한 감사한 마음으로 삶의 여백을 채워가고
임을 위한 불빛이 되어 행복의 길로 밝혀 주리오

이제 서로 더 의지하고 품어 주면서
아직도 이루지 못한 꿈을 함께 이루어 가기를

인생의 갈림길에 마지막 인사는
옆에 있어 주어서 고맙고
당신과 함께한 삶이어서 행복했노라고

참되고 지혜로운 삶

악함을 악함으로 이기는 삶이 아닌
악함을 선함으로 이기는 삶이기를

미움과 증오를 미움과 증오로 이기는 삶이 아닌
미움과 증오를 사랑으로 이기는 삶이기를

거짓을 거짓으로 이기는 삶이 아닌
거짓을 참으로 이기는 삶이기를

모욕을 모욕으로 이기는 삶이 아닌
모욕을 인내와 공손한 언행으로 이기는 삶이기를

불의(不義)를 불의로 제압하는 삶이 아닌
불의를 정의(正義)로 제압하는 삶이기를

권력을 권력으로 군림(君臨)하는 삶이 아닌
권력을 법치(法治)와 민의(民意)가 존중되는 삶이기를

부(富)를 부로 행복해 하는 삶이 아닌
부를 나눔과 베풂으로 행복해 하는 삶이기를

삶이란 한 조각 구름이 피어나고 사라지는 실상(實相)이기에
생명의 불꽃이 다할 때까지
참되고 지혜로운 삶으로 살아가는 나그네이기를

인생여정(旅程)

인간은 길 떠나는 나그네들 아닌가
인생여정은 세상이 바쁜 것인가
아니면 세월이 바쁜 것인가

종착역이 어디 언제인지 모르고
흘러가는 구름처럼 훌쩍 떠나야만 하는
숙명인 것을

인생여정에 후회 없는 삶이란
청춘은 덧셈의 삶으로 꿈을 이루고
황혼은 뺄셈의 삶으로 삶의 여백을
나눔과 베풂으로 채워가는 여정이기를

저무는 저녁노을이 흘러가는 석양길에
험난한 여정일 때 소망 믿음 사랑으로
이겨온 발자취가 겹겹이 쌓여있네

청춘길에 피는 꽃이 곱다지만

황혼길에 지는 꽃도 아름답기에
붉게 물들이는 저녁노을 같은 여정이기를

생명의 불꽃이 다할 때까지 영혼에 부끄럽지 않고
후회 없는 삶으로 살아가는 인생여정이어라

계묘년 새해(2023년)를 맞이하며

어느 해보다 고통과 시련의 암울한 임인년(2022년)도
무사히 저물어 갔음에 고마워라

계묘년(癸卯年) 새해가 밝아 와서
검은 토끼의 해로 성장 풍요 지혜의 한해를
보내게 됨에 감사함이여

새해는 코로나 감염병이 종식되어 평온한 일상이 되고
믿음 소망도 열매를 맺고
사랑의 향기로 가득하며
행복의 웃음꽃이 활짝 피는 한해가 되기를

세월이 지나면 누구나 나이를 한 살 더하기에
더 성숙하고 범사에 감사하며
서로 배려와 나눔이 있는 익어가는 삶이기를

눈이 즐거우면 마음도 젊어지기에
자연과 더 가까이 교감하는 일상의 삶이 되기를

희망찬 새해는 하나님의 축복이 있기를 기원하며
국민 모두가 화합하고 경제도 활성화 되어
풍요로운 국가가 되는 행복한 해이기를

더불어
정의가 살아있고
진리가 존재하며
법과 원칙이 존중되는 계묘년이기를

정월대보름

정월대보름은 음력 새해 첫 보름날로
농사일의 시작을 알리는 날이다

전통적인 농경시대는
마을공동체가 한해 농사의 풍년을
지신밟기 쥐불놀이 부럼깨기 더위팔기를 통해
기원했던 옛 추억이 새로워진다

코로나 때문에 전통적인 행사는 취소되어 아쉽지만
휘영청 보름달은 올해도 변함없이 더 밝게 떠오르니
내 고향 산천과 천국에 계신 부모님이 더 보고파진다

대보름 아침은 오곡밥 잔채(묵은나물) 귀밝이술(이명주) 부럼으로
지쳐 있는 가족 모두가 원기를 회복하고
저녁 대보름달을 바라보면서 고향의 옛 추억을 그리워하며
부모님도 천국에서 평온한 영생을 누리시기를

우리 모두 서로 버팀목이 되어 어두운 길 밝혀주는

호롱불이 되고
황금 들판에 풍성한 열매와 건강도 기원하는
대보름 밤이여

황혼길 나그네는
대보름달을 보니 그리운 옛 추억이 새록새록 돋아나니
가슴도 두근두근

저녁노을의 속삭임

저무는 가을 들판에서 저녁노을을 바라보니
붉게 물든 노을이 속삭인다

인생길 나그네들이여
고달픈 인생여정을 잠깐 멈추고
자신의 삶을 돌아보라 한다

이제는 얽매인 삶 다 풀어놓고
잃어버렸던 인생 다시 찾아서
남은 세월 후회 없는 삶을 살아가라고

사랑은 행복 바이러스이기에
받은 사랑보다 베푸는 사랑에 더 할애하라고

백 번의 슬픔 소리보다는 한 번의 웃음소리가
인생을 유익하고 복되게 살게 함을 기억하라고

지혜로운 자는 때에 순응하고

어리석은 자는 이치에 거슬러
실패한 삶을 살게 됨도 명심하라고

생명의 불꽃이 다할 때까지
나눔과 감사의 마음으로 삶의 여백(餘白)을 채워가라고

삶은 어디로부터 와서
죽음은 어디로 향해 가는지는
전지전능하신 하나님의 주재임을 항상 잊지 말고 살아가기를

저녁노을이여
고마워
후회 없는 삶을 살도록 일깨워 주어서

삶의 지혜와 교훈

- 사랑하는 손자 손녀에게

삶의 지혜와 교훈을 명심하고
실천하여 꿈을 이루기 바란다

부모가 얼마나 너희들을 사랑하고
최선을 다하고 있음을 잊지 말기를

자신의 인생을 사랑하고 최선을 다함이
최고 효도하는 길임을 명심하도록

겉으로 진실한 체하며 자신을 속이면
자신의 인생을 망치게 됨도 기억하기를

생존 경쟁에서 살기 위해서는 힘과 용기가 필요하기에
몸과 정신을 단련하는 데 게을리 하지 말도록

성공한 사람은 땀으로 한 드럼통을 채우고
실패한 사람은 눈물로 한 드럼통을 채우게 됨도 잊지 말기를

지난 실패는 너무 자책하며 후회하지 말고
실패를 통해서 교훈을 얻어서 실패를 되풀이하지 말도록

어질고 지혜로운 친구를 가까이하고
남의 잘못도 너그럽게 용서해 주기를

세상에 무익하고 헛된 일에는
시간과 정열을 허비하지 말기를

아는 것이 힘이기에
책속에 많은 지식이 있음을 명심하고
많은 분야의 책들을 부지런히 읽도록

삶에 지치고 시련이 있을 때도
포기하지 말고 뜨거운 열정으로 재충전하기를

꿈을 위한 출발에 철저히 준비하고 실행한다면
반드시 꿈을 이루는 행복이 찾아올 것임을 확신하기 바란다

사랑한다 그리고 너희들의 삶에 응원한다

늦가을 땅거미가 질 때

찬바람이 옷깃을 여미는 늦가을 땅거미가 질 때
산책길에 떨어지는 낙엽들을 함부로 밟고
지나갈 수가 없었다

땅 위에 쌓여지는 낙엽들은
흘러가는 세월의 조각들이 아닌가

길 위에 뒹구는 낙엽의 빛깔들은
세월의 무늬들이고
흩어지는 낙엽에서 풍기는 향기는
지나온 세월의 향기이기에

멀어져 가는 낙엽이 속삭인다
구름 같은 인생이여

쉼 없이 종착역으로 달려가는 여행길에
잠깐이라도 간이역에 머물고 쉬다가

산허리에 걸린 석양의 붉은 노을에 취해도 보고
짙어가는 늦가을 풍경을 세월에 버무리면서
아쉬움을 사랑과 감사로 채워가라 한다

멀어져 가는 가을을 보면서

가을은 국화 코스모스 구절초의 향기에 취하고
먼 산 단풍잎에 울긋불긋 고운 빛깔로 물들이며
높은 하늘 시원한 바람과 함께 찾아왔다가
떠나갈 때는 아무 머뭇거림도 없이
기다림에 너무 인색하며 갈 길이 어이 바쁜지
고속열차를 타고 휭 가기에 붙잡을 수가 없다네

가을이여 가는 길에
내 고향 들녘을 지나가면서
맑은 햇살을 들판에 다 쏟아 부어
곡식들이 알알이 익어가게 해 주기를
보고픈 고향친구들과 정을 나눌 수 있는 만남을 가지도록
한 통의 안부편지를 받아볼 수 있게 소식도 전해다오

가을은 다시 찾아오겠지만
이 가을의 향기와 빛깔과 같은 가을은 다시 오지는 못하겠지

그리움이 가을 속으로 빠져들고 외로운 마음도 가슴 속에서

얼어가고 있을 때 구절차의 짙은 향기로 녹여주고
쓸쓸함이 차가운 공기에 묻어나는 가을에는
보탤 것도 뺄 것도 없는 시간들이 추억의 무늬들이기를

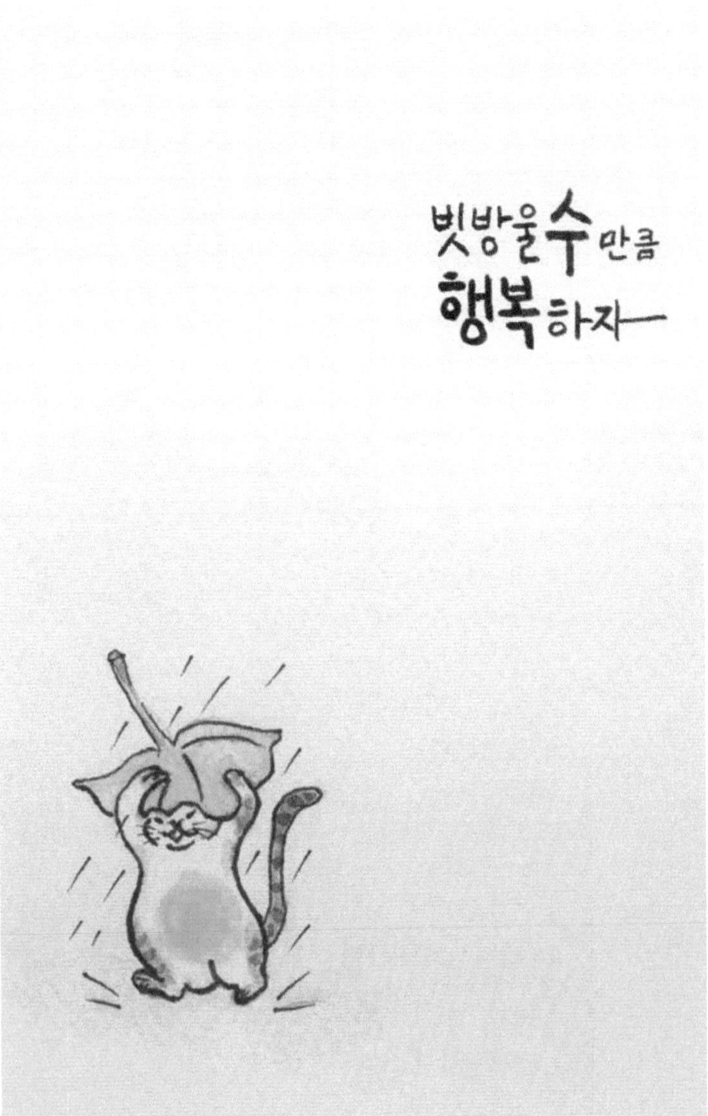
빗방울수만큼
행복하자—

황혼녘 비가 내리면

황혼녘에 창밖을 내다보니
비가 내리기에 내 가슴 속에도 눈물이 내린다

비를 맞고 떨어지는 나뭇잎들의 모습이
외로운 마음에도 더욱 이유 없이 눈물이 난다

술잔을 앞에 놓고
답답한 가슴을 달래 보려 하지만
몸과 맘이 아파지는 고통은 더욱 심해진다

지금껏 지난날 삶의 상처를 송두리째
빗물에 흘려보내지 않고
마음에 고여 있기 때문인 것을

친구들이여
황혼녘 내리는 빗물에 지난 상처와 아쉬움은
다 흘려보내고
남은 세월은 마음의 풍요와 선한 일에
지혜롭게 사용하여 눈물이 내리지 않도록

섬의 군락지 고군산군도(古群山群島)

많은 사람들이 서해안에서 찾아가고픈 여행지 중
천혜(天惠)의 해상공원

전북 군산시 앞바다에 섬무리로 이어진
아름다운 고군산군도이다

군산항에서 45km 부근에 꽃점처럼 흩뿌려진 섬들
유인도 16 무인도 47로 크고 작은 63개 섬들이
수놓고 있는 아름다운 꽃섬 군락지이지

신선이 해당화로 그려놓은 듯한
선유도의 선유팔경*과 장자도 무녀도에 기암괴석의
산봉우리들 그리고 각섬의 풍광이 다른 무인도들이
눈길을 사로잡게 하는 풍경이여

코로나 바이러스 태풍이 불어와도
하늘 바람 노을이 함께 어울려 수많은 섬들이 바다 위에
넘실거리니 더 가고픈 그리운 섬들이여

코로나 바이러스 태풍이 지나가면
부모님을 모시고 고군산군도를 찾아가서
서해 바다의 힘찬 숨결과
아침 햇살에 기지개를 켜는 섬들의 생명력
해넘이 갈매기 무리들의 노래는 삶의 묘약이기에
추억의 보따리에 가득히 채워 오기를

사랑에 잠 못 이루는 이들이여
사랑을 약속하면 사랑이 이루어진다는
전설이 어린 장자도 할매바위를 마주 보며
사랑을 고백하여 참사랑을 이루기를

고군산군도는
힐링과 사랑의 여행지이고 모처럼 부모님과 함께하는
나들이를 반갑게 맞이해 줄 섬들에게 인사는
삶의 활력을 충전하고자 자주 찾아오겠노라고

*선유팔경(仙遊八景): 선유낙조 명사십리 망주폭포 평사낙안
삼도귀범 장자어화 월영단풍 무산십이봉

제 2 부

사랑이란

사랑이란/ 불로초 삶/ 가을하늘
추억길의 나들이/ 바다와 나/ 추석의 추억들이여
빗금 이미지와 울림/ 가을이 오면/ 새해 경자년(2020년)을 맞이하며
경자년 첫눈이 내리는 아침/ 고향이 그리워/ 함께 이기자 코로나19
4월이 찾아왔지만/ 9월이 오면/
가을산행/ 독도야 고마워

사랑이란

사랑의 빛은
어두운 겨울밤에도 환하게 비춰주고

사랑의 음성은
천둥 번개 속에도 들려오는 정다운 소리

사랑의 온기는
외로움에 몸과 마음이 얼어가는 이를 녹여주는
화로가 된다

지나간 발자국은 시간이 가면 지워지지만
사랑의 발자국은 영원히 지워지지 않는
추억의 조각들로 찾아온다

언제나 산은 높은 하늘에
달빛은 바다에 입맞춤할 수 있지만
사랑의 입맞춤은 서로 한 마음일 때 할 수 있는
사랑의 표시가 아닌가

눈빛이 흐리어지고 청력이 무디어질수록
서로가 눈과 귀가 되어주는 사랑의 양과 질은
천국행과 지옥행의 티켓을 결정하는 묘약이다

사랑하는 자에게는 봄바람처럼 따사롭게 품어주고
자신에게는 밤하늘 별들처럼 서로 그리워하는
사랑의 멜로디로 연주하며 살아가기를

불로초 삶

누구나 세월을 멈출 수는 없지만
푸르름을 쌓아가는 삶을 불로초 삶이라 하겠네

불로초는 이 세상 어디에서도 찾을 수 없지만
바로 마음속에 있으며
사랑하는 이들에게 나누어줄 수도 있는 것

사랑의 정열도 세월의 흐름을 늦출 수 없지만
꼰대가 아닌 꽃대로 살아가게 하는 불로초가 아닌가

대나무가 속을 비워 더 단단해지듯이
인간도 욕심을 비워가며 행복으로 채워가는
불로초는 얻을 수 있네

산천초목이 손짓하면 그들과 함께하고
바다가 부르면 파도와 함께하는
자연의 삶이 겉은 늙어가도 속으로는
새로워지는 불로초 삶이 아닌가

해질녘 노을이 붉게 물들이는 노년의 삶에도
불로초 삶이 되기를

가을하늘

엊그제 처서가 산마루 넘어 찾아오니
여름은 멀리 가있고 가을은 문턱까지 들어왔다

높고 깊은 가을하늘은
눈으로만 보지 말고
가슴으로 품으라고 한다

문득 올려다본 파란 하늘은
보는 누구에게나
푸른 꿈을 품고 자신들의 삶을
풍요롭게 가꾸어 가라 한다

고요하고 텅 빈 가을하늘은
오래 보고 있노라면
아련히 떠오르는 그리운 얼굴들
지금도 잊고 살았던 귀한 것들을
다시 기억하고 살아가라 한다

현자인 가을하늘처럼
높을 수만 있다면 넓을 수도 있다면
삭막한 대지에 소낙비를 내려서
푸른 초원을 가꾸면서 살아가고파

추억길의 나들이

종암동 송림교정에서 첫 인연으로
만남과 우정의 깊이와 폭을 더해 가고 있는
상대 58회 학우들
정다운 얼굴들이 청량리역에
기대와 설레임으로 17명이 모여들었다

소양강 처녀가 애태우며 기다린다기에
2019년 타오름달(8월) 마지막 목요일에
호반의 도시 춘천으로 가는 청춘열차에 몸을 싣고
추억의 나들이를 출발하였지

청춘열차는 추억과 청춘의 꿈도 함께 실어가고
창밖에는 빗방울이 떨어지며 소양강 처녀가
멀리서 희미하게 손짓하며 반겨주는 것 같았다

춘천역에 도착하여 향토음식이란 닭갈비와 송어회에
막걸리를 곁들여 모두들 배를 채우니
천하에 부러울 것이 없었네

점심 후에
사람 자연 그리고 문화가 함께하는 곳
강원도립 화목원
강원도 산림박물관을 관람하여
조물주의 걸작인 강원도의 아름다운 산촌의 비경과 생활상에
숙연해지고
돌봐주는 이 없어도 화목들은 아름다운 빛깔과
푸른 옷으로 갈아입고
반갑다고 인사를 한다

오늘 나들이의 설레임으로
소양강의 둘레길을 걸어보니
강물은 예나 지금이나 변함없이 흘러가고
강물 위에 세워진 소양강 처녀는
첫사랑처럼 뜨겁게
수련처럼 향기롭게
곱고 수줍은 자태로 반겨주며
가슴 속에 세월을 잊게 하는 추억의 파도도 밀려온다

노을녘에 돌아오는 모두는
우정에 취하고
자연에 취하고
추억의 향기에 취하며
시니어의 봄을 길게 하는
그리움과 즐거움으로 채워진 황금빛 나들이였다

바다와 나

어느 날 홀연히
견디기 힘든 소음 미세먼지 삶에 찌든 악취와
사람의 향기가 없는 삭막한 도시를 벗어나고자 동해 바다로

끝없이 펼쳐진 수평선은 삶의 폭을 넓히어 주고
백사장과 어우러진 바다는 자연을 온몸으로 품게 한다

파도가 쉼 없이 넘나들며 스스로 정화하는 바다의 생명력은
삶에서 지친 몸과 맘을 새로운 에너지로 충전해 주기도

상큼한 바람의 내음 푸른 바다의 빛깔 울창한 해송이 어우러져
더욱 아름다운 해변은 반갑게 감싸주는 사랑의 숲이 되기도

붉은 노을이 바다를 물들이고 해변이 고요해질 무렵
바다와 나 둘만의 시간
지나온 삶을 되돌아보며 많은 생각의 씨앗들이 가슴 속에서
꽃으로 피어오른다

나의 가슴 위에 바다의 숨결이 있고
바다의 가슴 위에 나의 숨결이 있음을 잊지 않으리라

추석의 추억들이여

가을에 한가위가 돌아오면
고향집 대문 활짝 열어 놓고
자식들을 기다리던 부모님

고향길이 오로지 명절 전쟁이었지만
부모님과 형제들 만남에 즐거운 나들이였지

부모님을 찾아뵈옵고
형제들과 지나온 이야기꽃을 피우고
둥근 사랑의 보름달이 떠오르면
가족 모두 소원을 빌었던 행복한 추석이었다

이제는
뒤뜰에 심어 놓은 감나무에 감들이 익어가지만
인자하신 아버님
언제나 사랑으로 품어주신 어머님
두 분이 천국에 계시니
하늘보다 높은 은혜와 사랑에 보답하지 못하여

평생에 달고 살아가야 하는 불효의 통증 뿐이네

가을 밤바람도 창가를 두드리며 귓가에 속삭인다
부모님의 사랑과 은혜는 한 아름의 추억들로
가슴뿐만 아니라 산소에도 고스란히
펼쳐 있으니 잊지 말고 살아가라고

빗금 이미지와 울림

수직선과 수평선의 강직함과 평온함의 이미지도
울림이 있지만
두 선을 서로 의지해 주고 조화롭게 해 주는
빗금의 이미지는 심금을 더 울린다

삶이 지치고 앞이 보이지 않을 때
거친 빗금에는 흔들리는 바람소리가 들리고
치솟는 파도 현상도 보이지만
나뭇잎 사이의 햇살처럼
삶의 의미를 울려주기에 더 좋다

고독 속에서 절망의 밑바닥에 떨어질 때도
빗금에는 한 그루 나무의 이미지가 있지 않고
숲의 이미지가 있어 서로 사랑과 나눔의
울림으로 희망의 종도 울리게 한다

어두운 밤하늘에 떨어지는 유성처럼
속도와 긴장감이 있는 빗금 이미지와 울림이

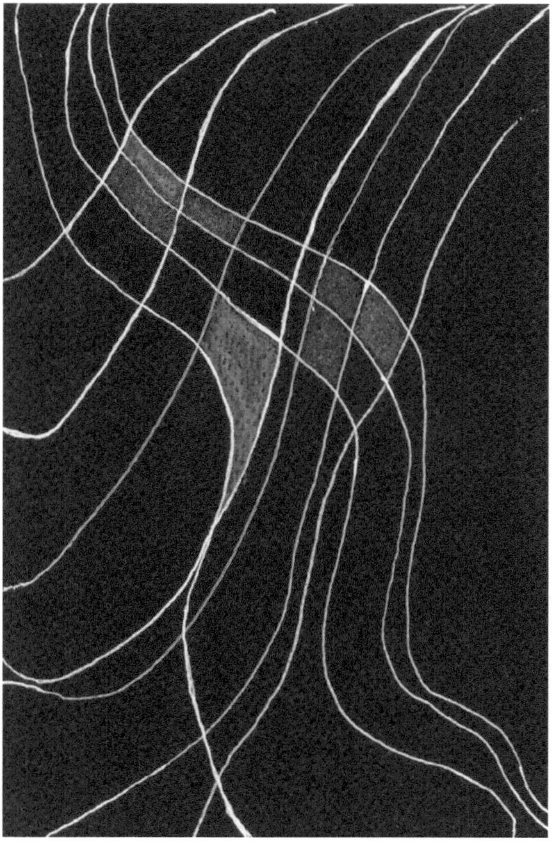

나그네 순례길에 동행하면
울림의 폭과 깊이가 더 넓고 깊어지는
숨결도 있다

가을이 오면

흐르는 세월의 조각들이 떨어지는
가을이 오면

길 위에 낙엽들이 나뒹굴고
소슬바람이 갈대숲을 스쳐가고
기러기가 적막한 연못 위를 날아가면

자식들을 사랑으로 품어주셨던
하늘에 계신 부모님이 보고파서
목이 메어 애타게 부르게 된다

고요한 가을밤에 둥근달이 떠오르고
별빛들도 속삭이면

부모님의 모습과 음성이 보이고 들리는 듯하여
아버님 어머님의 향기에 취하고 싶다
세월은 누구나 잡아 놓을 수 없기에
푸른 꿈속에 살았던 소년도

백발을 날리는 세월 속에
부모님의 추억과 그리움에 심한
가슴앓이를 하게 한다

가을이 깊어 갈수록
내 영혼도 깊어가고
삶에 빛과 길이 되어주신 부모님에게
전하고 싶은 인사는
사랑하고 존경합니다
감사합니다

새해 경자년(2020년)을 맞이하며

돌아오지 않는 강물처럼 유유히 흘러서
넓고 먼 바다로
기해년도 흘러가면서 지나온 길을 되돌아보라 한다

한 해 동안 건강하고 평온하게 살아온 삶에 감사하고
후회와 아쉬움도 함께 영혼의 숨결이 있는
마음의 본향으로 돌아가기를

새해 경자년에는
힘차게 솟아오르는 찬란한 빛이 앞날을 환하게 비춰
서로 덕담을 주고 받으며
막힘없이 뻥 뚫린 희망의 해가 되기를

우리 모두 다시 옷깃을 여미며 새로운 여행을 떠날 채비로
삶에 밝고 향기로운 등불이 되게 하소서
간혹 서로 다툼이 있는 삶에서 쫓기는 자가 되지 말고
사자의 용맹과 흰 쥐의 생존지혜로 서로 상생하는 삶이 되기를

이념의 갈등이 있는 곳에는 비둘기의 금빛 날개로
평화와 화합의 장으로 만들어 가고
온정이 메마른 사막 같은 세상은 깊은 잠에서 깨어나
베풂과 나눔을 함께하여
사랑의 향기로 가득 채워지는 숲이기를

슬픔과 절망으로 앞이 보이지 않을 때는
주님의 크나큰 사랑의 온기와 빛으로 비춰주시어
한 걸음 한 걸음 앞으로 더 높은 곳을 향하여 찾아가는
맑은 영혼의 삶이 되게 하소서

경자년 첫눈이 내리는 아침

아침에 창밖을 보니
온 세상이 하얗게 덮인 눈송이가
소복소복 쌓이고 있어 나그네의 발걸음을 유혹한다

경자년 새해를 축복하려고 처음으로
하늘에서 내려오는 하얀 천사들인가

사람들이 세상의 가치를 위해 살아가며
서로 주고 받은 상처를 솜털 같은 눈송이는
차가운 가슴을 녹여주기 위한 영혼인가

눈꽃송이가 스쳐가며 속삭이는 소리는
나와 남 그리고 자연의 위대함과 아름다움을
서로 배려와 격려를 하며 살아가라고

희망은 금빛 날개를 가지고 있기에
밖에 추운 겨울바람이 불어온다 해도
마음의 방안에는 봄날의 바람이 불어오도록

희망의 끈을 꼭 잡고 지내라고 한다

마지막 속삭임은
모든 고통도 어루만져 주고
삶에 생기를 더해 주는 사랑의 명약으로
삶의 여백을 채워가라 한다

고향이 그리워

봄이 오면
아파트 정원에 꽃들의 향기가 아무리 짙다 해도
고향 길가에 풀꽃들의 향기보다 더 짙을 수는 없겠지

여름이 되면
유명한 피서지에서 물놀이를 한다 해도
고향 개울가에서 소꿉친구들과 물장구치던 놀이보다
더 즐거울 수는 없겠지

가을에는
울긋불긋 곱게 단장하는 단풍경치를 감상한다 해도
고향 벌판에 누렇게 익어가는 황금 들판을 보는 것보다
더 행복할 수는 없겠지

겨울이 오면
눈을 맞으며 양재천 빙상장에서 스케이트를 탄다 해도
고향 죽마고우들과 함께 만든 썰매로 꽁꽁 얼은 개울가에서
썰매타기보다 더 재미있을 수는 없겠지

밤하늘에 달빛을 바라보니
고향생각 더 간절하여 멀고 먼 고향 마을에 그리워하는
이 마음도 비춰주기를 바랄 뿐

저 멀리 쪽빛의 하늘가에 몇 점의 흰 구름이 흘러가듯이
이제는 해질녘 산마루에 한 조각의 구름이 되었지만
지나온 고향 추억의 발자취는
그 어느 곳 어느 때나 잊을 수가 있으랴

함께 이기자 코로나19

인간의 탐욕과 교만 때문에 신의 분노인가
온 세상이 코로나19 사태로 혼돈과 절망의 경지에 있다

국민 여러분
코로나19와 싸우는 영웅이 되어
이 시련을 우리 모두 함께 극복해 나가기를
그 어느 때보다 서로 안부를 묻고 온정을 나누는 일이 중요한
시기임을 잊지 말기를

진정한 삶의 의미라고 할 수 있는
사랑과 베풂은 혹독한 시련도 이겨낼 수 있는 명약이기에
이 세상을 사랑의 숲으로 만들어 가기를

뭉치면 죽고 흩어지면 산다는 병든 어두운 세상이 지나가고
뭉치면 살고 흩어지면 죽는다는 밝은 세상이 돌아와서
시련을 이겨낸 자랑스런 용사들이기를

국민 여러분

우리 모두 코로나19 극복과 예방의 행동 수칙을 철저히
이행하여 우리 함께
행복한 세상으로 되돌아가게 서로 응원하기를

코로나 밀물에 조각난 우울한 삶을
썰물에 함께 멀리 보내고 추억의 산책길을
자유롭게 거닐게 되는 일상의 삶을 그리워하는 간절한 소망이
실현되게 하소서

4월이 찾아왔지만

4월이 찾아오니
어제 노을빛이 더 화려하게 산천을 물들이고
꽃샘바람이 불어오더니 산과 들을 꽃과 향기로
가득히 채워주네

그리운 친구들과 꽃길을 걸으며 꽃향기에 취하면서
정다운 이야기꽃을 피웠던 감미로운 추억이
새로워라

지금은
코로나19와 전쟁으로 꽃들의 향연도 함께할 수 없기에
가슴에 4월은 찾아오지 않았네
방콕 생활로 점점 지쳐가고 노곤한 육신을 기지개 켜면서
먼 산을 향해 심호흡을 할 뿐

우리 서로 만나지 못하는 그리움을 서로 안부를 전하고
카톡으로 온기를 나누면 온기도 꽃향기 되어 찾아오겠지

세상에서 가장 아름답고 소중한 것은
보거나 만지지 않아도 가슴으로 느낄 수 있는 것이 아닌가

9월이 오면

9월이 오면
어둠 뚫고 솟아오른 찬란한 아침 햇살에
행운의 하루를 맞으며 희망의 기지개를 켜게 된다

넓은 들판에는 황금물결이 넘실거리고
온천지에 푸르던 나뭇잎들도 울긋불긋한 단풍으로 물들인다
시간의 궤적이 빗질하는 여백까지
잘 영글어진 열매와 화려한 색상이 9월 곳곳에 스며든다

9월에는
아름다운 기억 속 내 영혼이 머무는 고향
그리움에 꿈속에서도 찾아가는 발걸음에
잠 못 이루는 밤을 어이할까

아스팔트 위에 청춘을 다 쏟아 보내고 세월의 뒤안길에서
9월이 찾아오니
서산에 노을빛 바라보며 외로운 마음도 위로가 된다

금년 9월에는
우리 모두 우울하고 어두운 마음을 다 지워 버리고
모두가 제자리를 찾아가는 달이 되어
예전의 일상으로 돌아가고 감탄과 행복이 가득한 삶이 되기를

가을산행(山行)

코로나19 블루에 잠식당하지 않고
아름다운 계절이 아쉬움을 남기고 떠나기 전
모처럼 청계산 가을산행을 했다

공허만이 가득한 텅 빈 파란 하늘
높이 솟은 바위 봉우리
세월의 풍상을 이겨낸 낙락장송
산새들의 지저귐들은 여전히 변함없는데
예전과 다른 한 폭의 산수화로 반겨 주었다

이번 산행은 자신의 한계를 뛰어 넘게 하는
몸과 마음을 치유해 주는 시공간의 나들이도 되었지

가을 끝자락
고운 빛깔의 단풍들은 온 산을 물들이고
계곡의 맑은 물소리는 도시의 소음과 먼지도
정화시켜 주는 산정기(山精氣)의 오묘함에
저절로 숙연해져

바람이 분다 당신이 좋다

해질녘까지 만난 모든 이들도
청계산의 정기로 건강과 행복한 삶이 되기를

도시의 각박한 삶에 지친 몸과 맘을
산행으로 삶의 활력을 충전하고자
다시 찾아오기를 기대하며
돌아오는 길은 가벼운 발걸음이었다

독도야 고마워

동해 특유의 짙고 푸른 바다
크고 작은 파도가 부딪치는
외로운 섬 독도야

경상북도 울릉군 독도리 1-96번지
우리나라 동쪽 끝에 자리한 아름다운 섬
동남쪽 동도 서북쪽 서도로 불리는
두 개의 섬이여

고유한 우리 영토를
토착 왜구들의 억지 주장으로 쓰라린 가슴앓이를
하지만 대한의 정기를 더욱 강렬히 내뿜는 자랑스런
우리 대한의 섬

100의 혜택을 받으면서
50의 보답도 못하는 우리에게
밀물이 들어올 때는 덧셈의 삶을 살고
썰물이 나갈 때는 뺄셈의 삶을 살아가라는

지혜도 일깨워 주는 고마운 섬이여

독도야 외로워 마라
너의 숨결은 우리들 가슴에 있고
우리들 가슴에 너의 숨결이 얽혀 있기에

어느 해보다 코로나 시련으로
힘들고 암울한 경자년을 보내고

꿈과 희망의 신축년 새해를 맞이하면
너에게 다가가 마주보고 기지개를 켜며
대한의 숨결과 사랑을 느끼며 해안가를 거닐고파

세월이 쌓여갈수록
나라 사랑이 더 깊어지도록
빛과 길이 되어주는 독도야
고마워 그리고 사랑한다

제 3 부

봄의 전령

봄의 전령/ 황혼의 단상/ 저녁노을
꿈은 삶의 활력소/ 고향 나들이/ 삶의 행복과 의미는 사랑
금혼 자축 concert를 위한 축사/ 올괴불나무꽃을 보며/ 도란거리는 소리들
인생행로/ 꽃들의 향연이 끝나기 전에/ 생과 사의 한평생/ 삶에 +하면
나그네의 소원/ 신랑 신부에게/ 임인년(2022년) 새해 찬가
창립 54주년을 맞이하는 대한전기협회

봄의 전령

봄의 전령은 봄바람이 아닐까

봄바람이 산마루를 넘어오고
넓은 들판에 평평하게 펼쳐지면
담장 너머 매화가 활짝 피어나고
개울가 버들강아지도 새움이 돋아나
봄향기를 풍긴다

봄바람이 불어오면
얼어붙었던 산과 들의 몸도 해동되어
마늘밭과 보리밭의 연녹색 잎들도
눈부신 태양을 향해 손짓을 한다

흐르는 계곡물에 귀 기울이면
아무도 알 수 없는 온 우주에 울려 퍼지는
사랑의 종소리와 북소리가 들린다

봄바람은 모든 만물에게

싹을 트게 하고 꽃눈들을 피우는데
우리 마음의 꽃나무도 꽃필 일을
준비하고 있는지

봄바람은 참으로 많은 선물을 갖고
우리에게 생명의 빛깔과 음악으로 불어온다

황혼(黃昏)의 단상(斷想)

세월이 겹겹이 쌓여 황혼이 찾아오니
석양에 비쳐지는 그림자 같은 삶을
되돌아보게 한다

지나온 나그네 길에는
순탄한 여정보다 고달픈 여정도 있었지만
그대와 함께 별빛을 보며 사랑의 금빛 날개로
새로운 활력도 충전하며 추억의 길을 만들었다

이제는 일몰 앞에 다가선 한 조각 구름이기에
자신을 얽어매는 허공의 감옥에서 벗어나고
사랑의 향기와 빛깔로 삶의 여백을 채워 가겠다

인생의 모래알이 다하는 그날까지 그대와 함께
걸어가는 길에 주님이 빛으로 밝혀주고
사랑으로 축복해 주시는
후회 없고 평온한 황혼의 삶이기를 바랄 뿐

황혼은
인생이란 덧없고 바람 속 먼지 같은 것임을
가슴으로 느끼게 해 주는 충실한 전령도 보낸다

앞으로 금쪽 같은 여정을
세상의 아름다움을 만끽하며 주변을 분홍빛으로
화려하게 물들이는 노을이 되어
인생의 송별회를 맞이하고파

저녁노을

해질녘 서쪽 하늘로 흘러가는 저녁노을이여
어둠 속으로 사라지기 전
어떤 것보다 아름답게 물들이고
천천히 번지는 한 폭의 수채화이다

나그네에게 속삭인다
피안(彼岸)의 정토(靜土)에 가기 전
더 곱게 물들이고 끊임없는 정열로 태우며
눈부시게 반짝이라고

꿈의 날개를 활짝 펼치는 시절에는
떠오르는 아침노을을 좋아하고
꿈의 날개를 서서히 접어가는 때에는
저녁노을을 더 많이 사랑하게 된다
나그네의 마음과 그림자를 가슴으로 품으며
최후의 축제에 화려한 물감을 쏟아내기에

잡히지 않는 너를 잡으려 하면

더 빨리 어둠 속으로 사라지고
언젠가는 나도 사라지겠지

사라진 후에 너와 나는
어디에서 무엇이 되어 다시 만날 수 있을까
만날 수 있다면 서로 밝혀주는 불빛이 되기를

꿈을 꾸세요 그러면
그 꿈이 당신을 만들 것입니다

꿈은 삶의 활력소

살아 있다는 것은 꿈이 있다는 것이고
꿈이 있다는 것은 삶의 목표가 있다는 것이다

젊은이의 꿈은 인생을 더욱 풍요롭게 만들고
늙은이의 꿈은 품위를 한층 고상하게 한다

꿈이 없는 이는 두 날개를 잃은 새와 같이
삶의 활력소가 없어서 의미 없는 삶을 살아간다

꿈이 있는 자는 종착역에 도달하기 전까지
투철한 사명과 긍정적인 삶으로 꿈을 이루고
향기 가득한 열매도 후세에게 남겨 준다

젊은이여
그대들은 큰 꿈을 가지고 멋지고 알찬 인생을 설계하기를
늙은이여
그대들도 소박한 꿈을 가지고 아름다운 추억을 만들어 가기를

고향 나들이

삶에 지친 몸과 마음을 어머님 같은
고향의 품에 안기고자
오랜만에 고향나들이를 했지

저녁 해질녘에 찾아온 길손 같은 나그네를
천대하지 않고 반갑게 맞이하여 주는
고마운 내 고향이여

황금물결이 넘실거리는 넓은 들판
희로애락을 함께 나누는
가족처럼 살아가는 고향마을

고향의 푸른 하늘을 쳐다보니
하늘에 계신 부모님의 모습이
더 보고파 산소를 찾아가서 부모님과
함께 보냈지

저녁에 소식 듣고 찾아오는 죽마고우들

백발 되어 서로 만나 쌓인 정 나누다가
밤새는 줄도 몰랐던 잊을 수 없는
추억의 나들이였다

종착역에 가기 전 삶의 버겁고 무거운 짐을
다 내려놓고 그리운 고향의 품에 몇 번이나
안겨볼는지
인생이란 고향으로 향하는 여행임을 잊지 않으리

삶의 터전으로 돌아온 밤
꿈속에서도 고향의 향기가 피어나 그곳을 찾아가는
잠 못 이루는 밤이었다

삶의 행복과 의미는 사랑

쓸쓸함이 차가운 바람에 묻어나는
어느 겨울 저녁에는
지워지지 않는 지나온 시간을
추억하게 한다

삶이 무겁고 흔들리더라도 남은 시간이
얼마 만큼이냐고
신에게 물어봐도 침묵으로 답하겠지

남은 시간에 사랑을 빼고 무엇을 해야 하나
사랑이 빠지면 그 무엇이 얼마나 큰 의미와 행복이 있겠는가
지금껏 세상의 가치를 위하여 하루하루를 바쁘게 아둥바둥
살아왔지만 어떤 의미가 있는가

이제는 곁에 있는 사람과 자연을 사랑하고
사랑에는 그리움이 따라야 하기에
그리움이 따르지 않는 사랑은 진정한 사랑이 아니고
멀리 떨어져 있으면서도 마음의 그림자처럼 함께 있는 사이가

사랑인 것을

영혼의 교감이 없는 사랑이란 그건 사랑이 아니라
한때의 마주침이라 하겠다
사랑은 하늘처럼 높고 바다처럼 깊을 때
진정한 사랑의 향기를
느낄 수 있다

청초하게 피어 있는 들꽃을 마주쳤을 때
그 아름다움과 설레임을
그대에게 전해 주고 싶은 사랑으로
삶의 의미와 행복을 찾아가고파

금혼 자축 concert를 위한 축사

만물이 소생하는 3월 길일(吉日)
서돈윤 학형과 임순옥 여사 두 분이 결혼하여
신뢰와 사랑으로 살아온 원앙부부의
50주년 금혼을 감축 드립니다

이번 연주회는 금혼을 자축하는 큰 의미가 있으며
평생 잊지 못할 추억의 연주회이기에
연주가의 아름다운 선율은 사랑의 기도이고
오늘 같은 마음이 더욱 짙은 사랑의 향기를
만들어지게 될 것이며
청중들의 마음도 따뜻하게 녹여줄
서돈윤 학형의 연주회를 진심으로 축하합니다

서돈윤 연주자는 서울 상대를 졸업하고 한국외환은행에서
금융인으로서 큰 발자취를 남기시고
은퇴 후에 숨겨진 음악에 대한 재능과 열정을
색소폰 연주에 매진하여서 노익장의 본보기를
보여주신 선구자입니다

이제는 세월의 무게와 관록이 묻어나는
격조 높은 연주가가 되어
해를 거듭할수록 아마추어 아닌 프로의 반열에 입문한
명연주가로 영글어 가고 있다고 평합니다

봄꽃보다 더 짙은 행복의 향기가 가슴에 스며드는
오늘 연주회에 우리 모두 추억을 간직하는
즐겁고 보람된 시간이 되기를 바라옵고
명연주를 해 주실 서돈윤 연주가와 가족 모두에게
축하와 감사의 큰 박수를 보내주시기를 부탁드립니다

감사합니다

무술년 3월 20일

올괴불나무꽃을 보며

자기 본분을 다해서 꽃을 피우는 사랑의 희열이란
3월 봄야생화

진달래처럼 색깔이 진하지도 않고
생강나무꽃처럼 그윽한 향기도 없으며
산비탈이나 깊은 골짜기의 인적 드문 곳에
조용히 피었다 사라지는 사색의 향기화

겨울의 혹한을 이겨내고
노오란 생강나무꽃 분홍 진달래꽃보다
일찍 봄을 품은 분홍 드레스를 입고 빨간 슈즈를 신은
올괴불나무꽃이여

남이 알아주든 몰라주든 맑은 영혼으로 살아가는 민초처럼
약한 것을 통해 강한 것을 부끄럽게 하고
근면함을 통해 나태함을 일깨워주는
민초들의 모습과 성품도 닮았다

이 꽃이 피어날 무렵이면
각종 산새들도 짝을 찾아서 사랑의 세레나데를
부르며 모든 만물도 겨울잠에서 부시시 깨어난다
크지도 않지만 묵묵히 자기 사명을 다하는 이 꽃을 마주보니
숙연해지고 왠지 가슴이 뭉클해지기도

인간도 후회 없는 삶을 살고자 하면
자연의 법칙에 의한 자연의 질서에 대하여
부단히 관찰하면서 자연 속에 자신을 던져야 한다는
삶의 향기도 보내준다

도란거리는 소리들

사월 꽃들의 향연을 함께하고자 휴일에는
양재천 산책로를 자주 거닐었다

겨울 혹한을 이겨내고
따스한 햇살에 먼저 봄을 터뜨리는 꽃들이
반겨주며 꽃구경만 하지 말고
그들의 도란거리는 소리도 듣고 가라 한다

일찍 핀 꽃잎 안에 도란거리는 소리는
사랑하는 이들과 함께 찾아와서
꽃향기와 봄햇살을 맞으며 잊어져 가는 추억들을
불러와서 사랑의 향기로 채워가라고

활짝 핀 꽃잎 안에 도란거리는 큰소리는
북적대는 꽃놀이 인파에 있더라도
금빛 날개로 힘차게 날으며 환희의 봄날을
마음속에 간직하라고

바람에 휘날리며 떨어지는 꽃잎 안에
도란거리는 마지막 소리는
고운 빛깔 접어 이별하기 전
석양의 노을도 한층 아름답게 물들이며
알찬 열매도 맺고 떠나가라 한다

인생행로(行路)

– 걸어온 길 걸어갈 길

지금까지 걸어온 길에는
봄이 오면 뒤뜰에 식구들이 모여 꽃밭을 일구고
덧셈의 삶으로 청보리가 익어갈 때는
평면과 입체의 열매도 영글어갔다

이제는 되돌아갈 수도 없는 길이고
지나온 무늬들도 어찌 할 수 없기에 아쉬움과 그리움만이
추억으로 서성거릴 뿐이다

앞으로 걸어갈 길에는
세월이 흐르면서 기억과 몸도 서서히 희미해지겠지만
마음의 뜨락에 시밭을 가꾸며
가슴으로 읽을 수 있는 만남들을 더 활활 타오르게 하겠다

사람과 사람
사람과 자연을 이어주는 것이 사랑이기에
부지런히 마음의 벽을 허물고
사람만이 아니라 깊은 골짜기에 핀 야생화들과

창밖에 비바람 소리까지도
흐르는 세월 속에 사랑을 가득히 품어 가겠다

회색빛 높이 떠서 아른거리는 아지랑이의 허상은
구름에 실어 보내고
이제는 천하보다 소중한 자신을 제일 사랑하면서
인생에 막힘이 없는 황금기라 여기며
뺄셈의 삶으로 참된 행복과 진리의 길을 끝까지 걸어가리라

당신의
삶에
꽃이 피길

꽃들의 향연이 끝나기 전에

싱그러운 연둣빛 꽃들의 향연일 때는
나는 꽃향기와 연둣빛이 시들지 않게 감싸주어
그대와 함께 눈부신 향연을 펼쳐 보았다

알차고 포근한 황금빛 꽃들의 향연일 때는
봄에 만발한 화려한 꽃들보다
모진 바람에도 노목(老木)에 위태롭게
피어 있는 꽃들의 향연이기에
진한 꽃향기와 황금빛을 바구니에 가득히 담아 놓았다

꽃들의 향연에 이끌려
나는 그대와 손을 잡고 함께 거닐며
나는 그대를 위한 사랑의 시를 쓰고
그대는 나를 위한 사랑의 노래를 부르면
어디에서 이보다 더한 행복을 찾을 수는 없었다

꽃향기를 찾아가는 바람아
행복의 세계로 데려다주는 꽃들의 향연이 끝나기 전에
너무나 감사한 이맘도 꽃들에게 전해다오

생(生)과 사(死)의 한평생

- 어디에서 그리고 어떻게

누구나 세상에 올 때는
하늘이 만들어 주는 인연이라지만
어디에서
어떻게 태어났느냐에 축복의 양과 질이 다르다

살아가는 동안
세월은 누구에게나 어디에서나 공평하지만
자신이 어떻게 사용하느냐에 세월의 가치는
큰 차이가 있다

누구든지
어디에서 좋은 사람 찾기보다는
어떻게 자신이 좋은 사람이 되면 좋은 만남이 이루어지고
보람샘이 마르도록 꿈을 찾아 즐겁고 행복한 삶이 된다

자기 삶을 저울에 올려놓고 영혼의 무게를 느끼면서
이 세상을 떠나갈 때 마지막 소원은

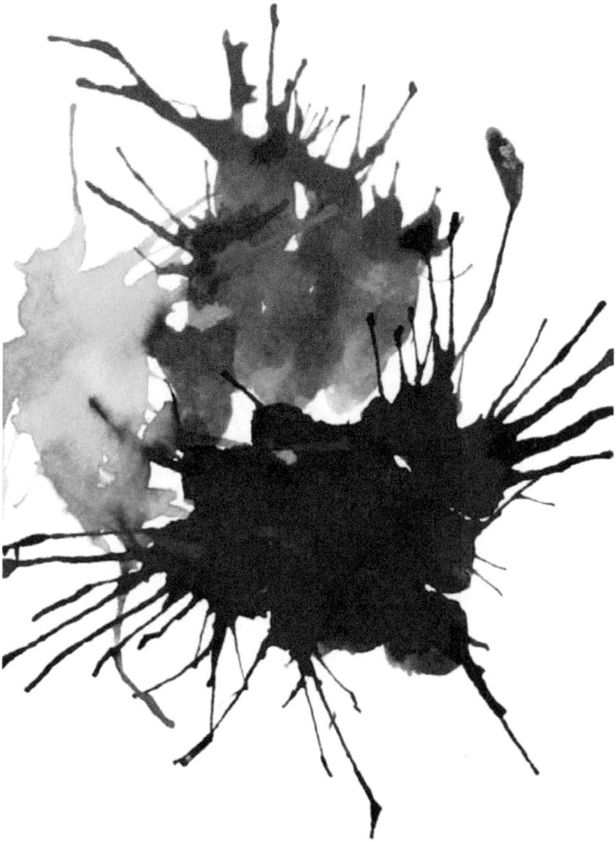

어디에서 어떻게 조화를 이루면서
덜 후회 없이 고통 없는 고요 속에 잠들며 맑은 영혼의 세계로
떠나가기를 바랄 뿐이다

삶에 +하면

삶의 여정을 걸어갈 때
젊은 날에 꿈과 열정을 +하면
삶에 활력소가 되어 삶을 풍요롭게 하며
큰 발자취도 남긴다

노년에도 꿈과 겸손을 +하면
품위를 잃지 않게 하고 존경받는 노후의 삶이 된다

자연 앞에 경건하고 진솔한 마음을 +하면
자연 속에서 사랑과 진리의 소리도 듣게 된다

누구나 삶에 자유와 감사하는 마음을 +하면
평화롭고 행복한 삶이 되고
따뜻한 나눔과 베풂을 +하면
세상이 화목하고 풍요로워진다

죽고 사는 긴박한 문제가 아니라면
자기를 잠시 묻어두고
주변에 있는 모든 이에게 사랑과 포용을 +하면

세상이 밝으며 평화로워진다

살아가는 동안에 마음에 향기를 +하면
세상 어디에도 향기가 진동하고
얼굴에 미소를 +하면
누구에게나 웃음꽃을 피게 한다

삶에 지혜를 +하면
거짓과 진실을 분별할 수 있고
자유와 평화에 감사를 +하면
무릉도원 같은 세상이 된다

친구들이여
삶의 여정에 노력과 열정을 +하면
꿈을 이룰 수 있고
정의롭고 현명한 선택을 +하면
승리의 길이 되고
영혼에 부끄러움이 없는 사명을 +하면
후회 없는 삶의 여정이 아닌가

나그네의 소원

세상에 태어나서 걸어가는 삶의 여행길에
나그네에게 사계절의 소원이 있다

봄에는
자연의 섭리인 하늘이 내려준 은혜를 저버리지 말고
봄 동산에 꽃들을 가득히 피워가며 가는 길이기를

여름에는
자신을 스스로 얽어매는 허공의 감옥에서 벗어나서
허황된 무지개를 쫓아가지 않고
희망과 파란 꿈을 찾아가는 삶의 의미로 채워가는 길이기를

가을에는
사람과 사람 그리고 자연을 잇는 아름다운 나눔이 부족한
사막 같은 이 세상을
사랑의 향기와 열매로 듬뿍 맺어가는 길이기를

겨울에는

차가운 바람에 쓸쓸함을 묻고 떠나가는 구름에
지는 꽃들의 아름다움으로 곱게 물들이며
더 보태고 뺄 것도 없는 추억들의 씨앗이
새록새록 솟아나는 길이기를
바랄 뿐이어라

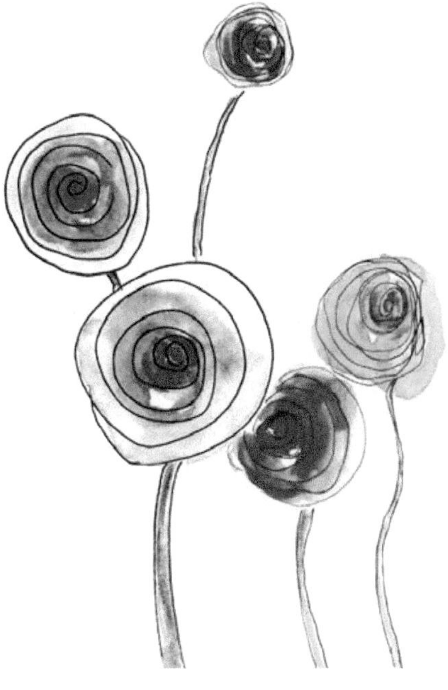

신랑 신부에게

만물이 소생하는 물오름달(3월) 2일 햇살 아래
서로 반쪽의 날개와 눈을 찾아서
두 손 잡고 걸어가는 결혼식에 온 천지도 축복을 보낸다

이제 두 사람은 춥고 외롭지 않으리라
아침 둥지 속 사랑의 눈빛 마주하고
저녁 별빛 속 서로 날개 감싸 안음이 있어

하나의 인생으로 서로가 서로에게
버팀목이 되어 세상 마음 든든해지기에

그대들은 하나의 인생길을 걸어가면서
서로 의지하고 멀리 보면서
사랑을 더욱 더 키워가고 행복의 열매도
알차게 영글어 가리라

오늘은 신랑 신부를 위한 환희의 날이기에
축배를 높이 들고 춤추며 훨훨 날아라

그리고 앞으로 한 폭의 그림 같은 두 사람
긴 세월 다할 때까지 서로 아낌없이
사랑하면서 서로에게 등불이 되어
건강하고 행복하여라

임인년(2022년) 새해 찬가(讚歌)

코로나 사태로 조각난 삶이었던 신축년(辛丑年)은 흘러가고
임인년(壬寅年) 새해 희망과 기쁨을 밝혀 줄
등불이 밝혀졌네

새해 아침 붉게 떠오르는 태양과 함께
검은 호랑이의 용맹과 포효로 코로나 역병 재앙도
사라지는 복도 나누게 되겠지

평온한 일상의 삶을 산다는 것이
얼마나 큰 축복이던가

임인년 한해는 평온한 일상을 위하여
나와 너 우리들 모두가 각자의 사명과 책무를 다하여
온 세상이 맑고 고운 향기와 꽃으로 가득히 채워지기를

어둡고 우울한 신축년은 지나가고 새해가 밝았기에
모든 일이 순조롭게 이루어지도록
희망과 사랑의 노래를 부르며 보내기를

새해는 방콕생활에 지친 몸과 맘을
산과 들 강과 바다를 찾아가서
숲을 이룬 나무들 넓은 황금 들판의 정기를 받고
개울물소리 갈매기의 사랑노래도 들으면서
활력이 넘치는 행복한 임인년이 되기를

임인년 새해는 화해와 통합의 길로
마음과 마음을 합하고
서로 의지하며 평화롭게 살아가게 되어라

창립 54주년을 맞이하는 대한전기협회

이제 온누리를 비추는 햇살처럼
발전된 대한전기협회 그 모습 장하여라

오직 전기계의 발전과 영광을 위하여
출범한 지 어언 54년 세월이여

때때로 험한 골짜기를 눈물로 통과하며
땀과 노력으로 이룩한 오늘의 협회이오니
세계관을 뛰어넘어 우주관으로
더욱 힘차게 전진하소서

대한전기협회여
하늘로부터 내리는 은총으로
더욱 복되고 복되어라

한 마음 한 뜻으로 일해 온 협회 가족들 모두가
영원한 영광을 다 함께 받기를
진심으로 기원하고 축하를 보내며
협회의 알찬 열매가 더 풍성하게 영글어 가기를

제4부

덧셈과 뺄셈의 삶

덧셈과 뺄셈의 삶/ 말하는 자보다 듣는 자이기를
만남의 열매/ 인생이란/ 삶의 향기는 영원한 삶의 씨앗
국가의 출생증명서/ 사랑의 꽃이 피는 음료/ 눈물이란/ 섬들의 가슴앓이
삶의 주사위/ 5월이 오면/ 부활절 기도시/ 찔레꽃의 속삭임
3월의 요정들/ 인생길 순례자/ 반성문과 기도문을 쓰다
잎새달의 소망/ 頌詩 · 송시

덧셈과 뺄셈의 삶

– 입학 60주년을 맞이하는 58회 학우들에게

1958년 4월 종암동 송림교정에서
푸른 꿈을 품고 모여 인연을 맺은 상대 58회 학우들이여

오늘은 우리들 자신을 위한 환희의 날이기에
60주년을 축하하는 축배를 높이 들고
우리 모두 손을 잡고 노래하며 춤추며
행복의 날개를 달고 높이 날아보세

지금껏
푸른 꿈을 꽃피우고 알찬 열매를 맺기 위해
모진 세파도 헤치면서 맑은 영혼으로 덧셈의 삶을 살아온
자랑스런 학우들이여
지나온 발자취는 지울 수 없는
아름다운 추억의 무늬들이어라

상대 58회 학우들이여
이제는 여울져 가는 세월은 계산하지 말고
우리들 자신에게 더 투자하고

자신의 존재를 더욱 아끼고 사랑하기를

대나무가 속을 비워가면서 더 단단해지듯이
우리도 뺄셈의 삶으로 행복과 사랑이 가득히 채워지는
후회 없는 삶을 세월에 버무려 보세

쉼 없이 흐르는 삶속에 기쁜 소식과 아름다운 이야기로
꽃을 피우며
우리 모두 불굴의 의지로 독수리 날개를 달고
끝 없이 날으며
인연의 끈을 더욱 단단히 붙잡고
옛 송림의 향기를 토해내며 우정이 영글어 가는 삶이어라

말하는 자보다 듣는 자이기를

푸른 꿈을 가진 젊은이들이여
말하기보다 듣기에 정성을 다하면
삶의 지혜와 의지를 얻게 되어
허황된 무지개를 쫓지 않고 덧셈의 삶으로
푸른 꿈을 이루게 된다네

석양길 나그네들이여
말하기보다 듣기에 충실하면
삶의 의미를 터득하게 되어
아집과 인색한 노인이 아닌 뺄셈의 삶을 사는
품격 높은 어른이 된다오

사업하는 자들이여
종업원들과 함께
말하기보다 듣기에 시간을 더 활용하면
새롭고 중요한 정보를 얻게 되어
사업의 발전과 성장의 밑거름이 되어
선진기업으로 우뚝 서게 된다네

정치인들이여
말하기보다 듣기에 의무감을 더하면
국민들의 고통과 소망을 알게 되어
더욱 소통하고 국태민안(國泰民安)에 정진하면
평화롭고 풍요로운 자유민주국가로 발전된다오

자연과 더불어 사는 인간들이여
자연에 말하기보다 듣기에 귀를 더 가까이 하면
인간의 탐욕으로 받은 상처와 조각난 삶의 고통을 듣게 되어
사랑으로 치유하고 나눔과 배려로 상생하면서
인간과 자연의 향기 가득한 낙원에서 함께 살아가기를

만남의 열매

들판에 벼들도 뜨거운 햇볕을 먹어야
알찬 열매를 맺게 된다

산골짜기 물도 바위와 절벽을 만나야
아름다운 폭포를 만들고
석양도 구름을 만나야 붉은 노을을 빛나게 한다

똑 같은 통이라도
물을 담으면 물통이 되고
꿀을 담으면 꿀통이 되며
쓰레기를 담으면 쓰레기통이 된다

이제 간이역 휴게소에서
지나온 삶은 어떤 만남과 열매로 채워졌는지 되돌아보고
앞으로는 마음의 항아리에 감사 사랑 겸손을
가득히 채워서

차갑고 어두운 길을 걷는 이에게

따뜻한 빛이 되고

얼어붙었던 마음들을 녹여주는 등불로 살아가기를

인생이란

인생이란
누구나 종착역을 찾아가는 나그네들이다

삶이 대단하고 길 것 같아도
결코 대단한 것도 긴 것도 아니며
올라갈 때는 끝없이 먼 길이지만
내려올 때는 너무나 빠른 지름길이 인생길이다

지금껏 앞만 보고 달려온 인생들이여
죽을 때 가져갈 수 없는 손익계산서에
인생을 헛되게 살지 말기를

자연 앞에 경건한 마음으로
꽃이 피고 새가 울며 찬란한 태양의 빛이 전해 오는
진리의 소리에 감사드리고
천지에 울려 퍼지는 종소리 북소리도 들어보기를

사랑과 베풂 속에서 행복과 기쁨을 찾을 수 있기에

사랑으로 다가가면 애증이 고요히 가라앉고
자신과 타인에게 가했던 상처도 말끔히 아물어지며
베풂은 온누리도 평화롭게 한다

인생의 행복이란 추억과 감탄의 양과 질에 정비례하므로
아름다운 추억을 가슴속에 더 많이 쌓아가고
자신과 이웃들에게 광활한 자연에게
언제나 감탄이 있는 삶이어라

삶의 향기는 영원한 삶의 씨앗

인간은 영원으로부터 왔다가
유한으로 살다가
영원으로 돌아가는 존재가 아닌가

우리의 삶이 무겁고 힘겨울 때는
영원의 시간 속에 한 순간의 삶이라고 생각하기를

삶의 진정한 의미를 찾으려
숲에 가 보면 매번 다른 느낌으로 숲은 다가온다
비가 오면 물을 머금은 숲이 색다른 향기를 내주고
비가 그치면 햇살이 나무 사이로 우리를 즐겁게 반겨준다

또한
봄에는 신록으로
여름에는 녹음으로
가을에는 단풍으로
겨울에는 낙엽과 낙엽이 만들어 내는
사랑의 향기를 보내준다

인간은 누구나 영원에서 유한으로
청소년 청년 장년 노년이 되어가며
어떤 무늬와 향기를 만들며 살아온다

자신의 삶을 자신과 모든 이에게
풍요롭고 향기롭게 가꾸며 살지 않으면
영원에서도 나무처럼 감미로운 향기가 아닌
고약한 악취를 내뿜는 외톨이로 살게 된다네

국가의 출생증명서

국가의 출생에 논쟁이 있을 수 있다지만
3.1운동과 임시정부의 광복 정신으로
1948.8.15일에
옛 조선도 대한제국도 아닌 자유민주주의 자유시장 경제의
새로운 대한민국이 건국되어
국가의 출생증명서가 발급되었다

대한민국의 탄생은 사실(史實)의 영역이며
우리의 존재를 공인하는 출생증명서이기에
다른 존재를 의식해서 자기의 정통성을 부정하는
어리석음을 범하지 않기를

내년 역사교과서 집필기준에 의하면
역사교과서에
'대한민국이 한반도의 유일한 합법정부' 라는
문구가 빠진다고 한다
그렇다면 지금껏 우리가 살아온 이 땅이 불법 점유지였나

대한민국 정통성을 스스로 부정하는 어리석고 얼빠진
이념논자들은 어느 나라 국민일까

금년에는 8.15 경축행사를
정부는 광복 73주년 및 정부 수립 70주년으로
시민은 광복 73주년 및 건국 70주년으로
아버지 생일을 따로 하였던 콩가루 집안이었지

앞으로는
8.15경축행사를 정부와 시민들의 행사명칭이 같으며
경축하는 화목한 기념행사가 되기를 바랄 뿐이다

너는 봄이고
꽃이야

사랑의 꽃이 피는 음료

사랑을 가득 실은 달빛 아래
바닷가에서 정겨운 파도소리가 들려오면
사랑으로 들뜬 마음을 구름 위에 띄워 놓고
그대와 단둘이 마주앉아 마시는 한잔의 커피는
사랑의 꽃이 피는 신비한 음료가 된다

이 사랑의 커피를 마실 때는
세상이 다 겨울이어도
우리 사랑이 늘 봄처럼 포근하게
여름처럼 뜨겁게
가을처럼 영글어가게 하며

별만큼이나 무수한 사랑얘기마저도
모락모락 피어오르게 한다

이 순간부터는
우리의 사랑을 더 아름답게 엮어서
날마다 서로의 가슴에 꽃을 피워가며
먼 길 함께 웃으며 가라고 달빛도 살며시 눈짓을 한다

눈물이란

누구나 슬프고 속상할 때
흘리는 무겁고 진한 눈물은 약함을 보이는 진짜 용기이고
상처를 아물게 하는 치료약이다

눈물을 밖으로 밀어내지 못하면
몸 안에 고통이 우물처럼 고여서
썩게 되어 병들게도 하지

눈물을 흘리고 나면
시원해지는 감정으로 마음을 평정케 하여
평정심을 가지게 하는 치료제가 되기도 한다

맑은 날만 있는 인생은 눈물이 없어
사막길을 만들어가지만
흐린 날이 있는 인생은 흐르는 눈물이
아름다운 무지개를 만들어 주는 물감도 된다

달팽이가 제 눈물로 점액질을 만들어

파꽃의 표면을 한 발짝씩 기어가듯이
인간도 거짓이 아닌 순수한 눈물이 아름다운 무지개다리를
하나씩 만들어가기도 한다

섬들의 가슴앓이

섬들의 가슴앓이가 얼마나 심한지 보고파서
그곳을 홀로 찾아가 보았다

자연과 사람이 공생하는 생태계가 되어있는
우리 섬들은 평화로운 한폭의 풍경화가 되네

바다는 섬이 존재할 수 있게 하는
섬의 어미가 아닌가

그 어미의 배속에서 뿜어 나오는 파도는
빈손으로 왔다가 빈손으로 가지만 우리를 위해
모래사장을 만들어주기도 하고
수천만 번 상처를 입으면서도 모난 돌도 반들반들하게
조각해 주는 조각가가 되기도 한다

요즈음 섬에 가 보면
자연과 문명이 천적같이 느껴지기에
가슴에 답답함이 파도 따라 밀려 온다

삶의 편익을 위해 개발이라는 시류 때문에
섬과 섬 뭍과 섬을 잇는 중장비의 굉음에 섬들이 신음하다가
하나 둘씩 자꾸 본모습이 사라져 간다

자식이 죽어가는 그 모습을 보는
바다의 심정은 어떠할까

섬과 바다는 그들만의 언어로 울부짖는다
우리에게 오라고 가라고 말하지도 않으며
불평 한 마디 하지 않는데
왜 이런 시련 때문에 가슴앓이를 해야 하는지
너무나 슬프다고

우리는 침묵하는 그들을 사랑하지만
그들과의 심안의 대화에서 색다른 의미를
찾을 수가 있을까

오늘밤에도 어느 섬에서는

등대의 불빛으로 밤의 뱃길을 보살펴 주고
우리의 삶을 풍성하게 해 주고 있지만
그들의 가슴앓이를 어떻게 치유할는지
물음표를 던질 뿐이다

삶의 주사위

사람은 누구나 생을 시작하면서
삶이란 주사위가 던져진다

삶이 무겁고 흔들림이 있을 때
혼자 걷는 길에는 외롭고 불안과 막막함이 밀려온다

그러나
혹독한 시련과 절망이 보일 때에도
사랑의 종소리를 들으면서
서로 손잡고 감싸주면서 가는 길에는
희망의 등불이 밝혀진다

삶이란 봄날의 아지랑이
바다에 이는 파도와 안개 같은 것
서로 돕고 나누면서 함께하는 여행길은
행복의 꽃이 활짝 피어진다

5월이 오면

5월을 맞이할 때
경건한 마음으로 자연 앞에 서 있으면
꽃도 피고 새들이 노래하고 따스한 바람도
맑은 시냇물 가운데 전해 오는
사랑의 소리를 들으라 한다

부모님을 그리워하는 마음으로 하늘을 우러러보면
흘러가는 구름과 반짝이는 별빛들 속에
못 다한 은혜와 감사를 실어 보내라 하네

5월은
땅에는 사랑과 평화가
하늘에는 영광과 감사가 가득한
가정의 달이기를

이제 모든 시름과 슬픔은 다 내려놓고
온천지를 사랑과 감사로 짙게 물들이는 5월을
온몸과 가슴에 오래도록 품어 놓고 싶다

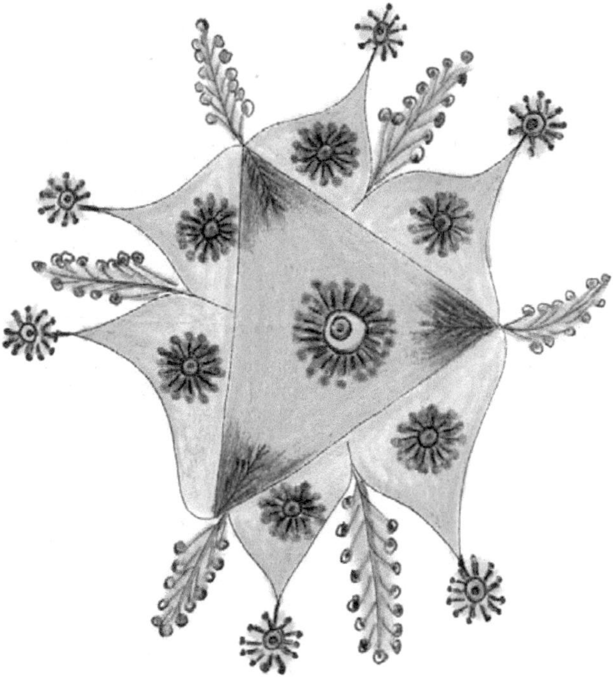

부활절 기도시

부활절 아침
부활의 은혜와 승리를 선포하는
우리가 되게 하시고

사망에서 생명으로
어두움에서 빛으로 인도하시는 주님의 은혜에
감사드리옵니다

예수님의 십자가로 우리들의 연약함을 인정하고
화평함을 얻게 하여 주시며
어두움 속에 방황하는 우리에게 진리의 길과 소망의 길을
보게 하여 주시옵소서

남의 허물을 찾는 마음속에
나를 돌아보게 하는 마음을 주시고
이념의 갈등과 세대간 불화를 부활의 능력으로
치유하게도 하여 주시옵소서

성스러운 십자가의 사랑으로
생명의 영혼이 위로받고 평화를 찾는
부활의 날이 되게 하시고
부활의 영광이 우리들의 삶이 되어
예수 그리스도의 역사가 이루어지기를

찔레꽃의 속삭임

양지바른 산골짜기를 오르다가
문득 슬프도록 아름다운 하얀 찔레꽃을 보았지

어릴 적 고향 친구들과
어린 순을 꺾어서 벗겨 먹던 생각이 나서
걸음을 멈추고 고향의 숨소리도 들었지

원나라에 공녀로 끌려갔다가 돌아온 소녀 찔레가
동생 달래를 찾고자 고향산천을 헤매다가 쓰러져
겨울 눈 속에 묻혀 있다가 봄에 피는 슬픈 사연의 꽃말이여

꽃에 붉은 열매와 가시가 있음은
목 매달아 소천하신 아버님의 생전에
맺힌 혈과 기운을 뚫게 하려는 효심의 약초이기에

그윽한 향기가 나는 것은
가족의 사랑과 만남을 한 순간도 잊지 않으려
구름과 바람에 실어 보냈던 마음의 향기이기에

찔레꽃이 속삭인다
사랑이 너무나 그리우면 아프게 되고
상처가 더 클 때는 아름다움은 정녕코 더한 것이라고

3월의 요정들

눈꽃이 몰고 간 냉기가 남아있는 3월
꽃샘추위 시샘 부려도
봄바람은 꽃들을 불러오고
꽃비도 데리고 온다

나목(裸木)에 순수함이 담긴 작은 꽃들은
마치 요정이며 수줍은 선녀이기도 하다

쓸쓸한 분위기만 돌던 주변을
따스한 미소와 향기로 가득히 채우며
아름답고 사랑스런 새싹이 돋아서
싱그러움이 더하게 한다

꽃들의 감미로운 속삭임으로 봄에 취하여
노래하는 새들과
훈훈한 봄바람에 신이 나서 춤추는 들풀들도
3월의 요정과 전령이라고 하겠다

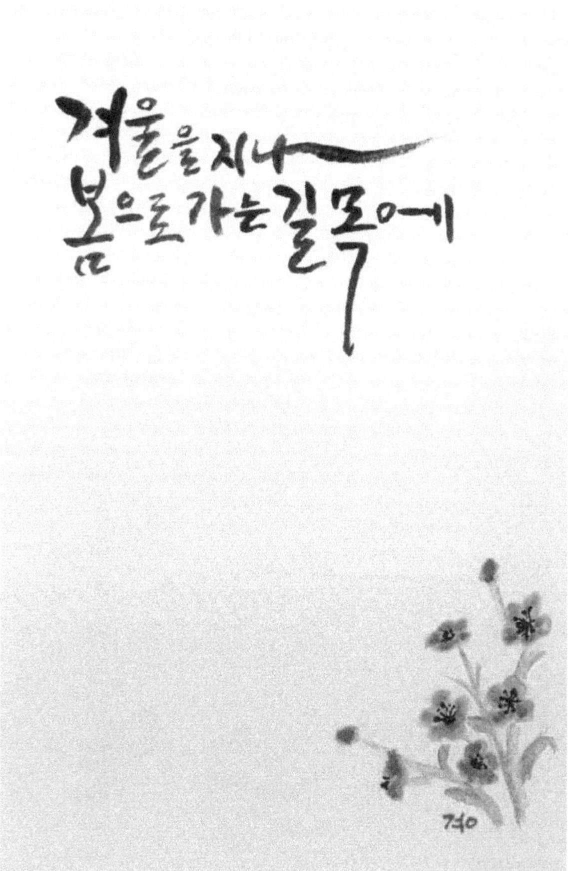

유난히도 어렵고 추웠던 지난 겨울은 흘러가고

이번 3월은 환한 웃음 짓는 요정들이 찾아와서

희망과 행복의 동산을 만들어 주기를

인생길 순례자

누구나 삶에 의미는 달라도
생의 끝까지 가봐야 하는 인생길

인생길에 나그네가 아닌 순례자가 되어
마음의 방향을 정하고 걸어가는 길에서 얻어지는 상처는
서로 돌보며 함께 간다면
스스로 외면해 왔던 마음의 생각이
감춰진 날개의 옷을 입고 소리를 내면서
치유도 되겠다

자연은 언제나 세상만물을 향해서
신호를 보내고 있으나 지금껏 듣지 못하였지만
순례자가 되어 걸어가면
산과 나무
흙과 바위
물과 바다의 소리를 듣도록 마음의 귀가 열리겠다

또한

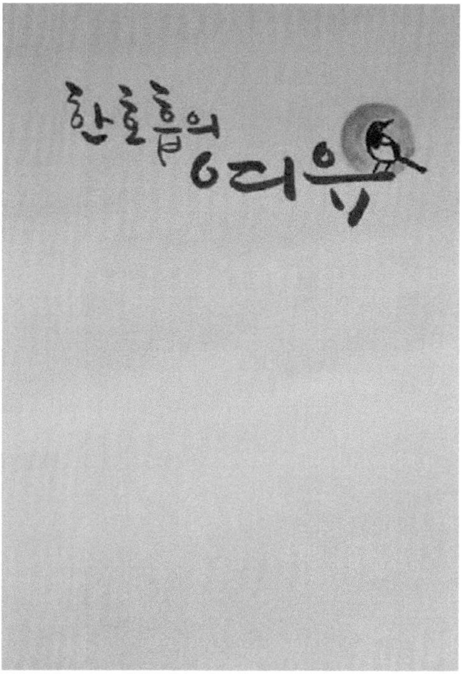

가는 길이 멀고 험해서 생각조차 없이 걷다 보면
작은 부딪침에도 큰 의미를 얻을 수 있고
살기 위해 외면한 마음에 무책임하였음도 알게 되었다

이제부터라도
화살표에 따라 생의 마지막까지 걸어가는 순례자가 되어
맑은 영혼의 삶을 살아가기를

반성문과 기도문을 쓰다

- 2018 무술년(戊戌年) 끝자락에서

무술년을 맞이한 지가 엊그제 같은데
어느덧 12월 매듭달이 되었다

한해를 보내면서
무술년은 세월에 한 겹의 나이테를 만들어 기록되겠으나
나는 이성의 오만함 때문에 사랑으로부터 멀어져서
너무나 많은 아쉬움과 후회의 삶으로 채워지는
반성문을 쓰게 되며
새해에는 건강과 행복이 함께하는 삶으로 채워가기를
소망하는 기도문도 쓰게 된다

기해년(己亥年) 새해에는
세월이 더해 가면서 삶의 참의미도 더 알게 되기에
욕심과 오만함을 다 내려놓고 살아가며
한 번 피었다 지는 삶을 항상 웃으며 기쁜 마음으로 보내고
더불어 사는 세상에
서로 사랑하고 따뜻한 정과 베풂을 나누며
온유하고 겸손함으로 살아가기를

또한
어둠 속에서 방황하는 자에게는 등불이 되어 주고
이념의 갈등이 있는 곳에는 화합의 장으로 안내해 주는
비둘기의 날개가 되게 하여 주옵기를 기도한다

잎새달의 소망

눈보라 휘몰아치던 겨울이 지나가고
꽃향기 짙은 잎새달(4월)이 찾아오면

어릴 때는 고향집 뒤뜰에 꽃밭을 일구었지만
이제는 마음의 뜨락에 다품종 시밭을 가꾸고파

그리움과 희망이 공존하는 따스한 달이기에
새로운 시작과 희망으로 마음도 풍요로워지기를

잊을 수 없는 추억들이 아프지 않도록
아름다운 추억들을 빠짐없이 담아 가고파

꽃들의 향기에 취하며
얼어붙었던 몸과 맘도 생기를 얻어서
활력 넘치는 삶이 되기를

아지랑이도 곁에 다가오며 속삭인다
삶의 불안과 걱정은 자기한테 보내고

앞을 내다보며 긍정적인 마음으로
더 행복한 내일을 위하여 살아가라고

頌詩 _ 錦村 蔡宗培

壯年奉職東西獵

장년봉직동서렵

老境吟詩詠人生

노경음시영인생

秋菊雅於三月花

추국아어삼월화

淸香華色願長行

청향화색원장행

송시 _ 錦村 채종배

젊을 때는 직장에 몸 바쳐
동서양을 누비고
늙어서는 시 읊어
인생을 노래하네
가을국화는 삼월 꽃보다
우아하다네
맑은 향기 고운 빛깔
오래도록 이어갔으면

덧셈과 뺄셈의 삶, 경륜이 고인 고차원 방정식

양 창 국
(지구문학회장)

자신의 존재를 사유할 여유도 없이 바쁘게 살며 스스로를 생각할 짬을 내지 못하고 뛰며 또 뛰고 살아오며 야촌은 그것을 운명이라고 여겼을 거다. 종심의 나이가 지나고 은퇴라는 선물을 받아 들고 야촌은 잠시 멈춰 서서 지나간 삶에 눈길을 보내고 살아가는 삶에 애정을 담아 관찰자의 관조의 입장에서 E. Spencer가 말한 대로 평범한 이성의 한계를 넘어서며 비범한 영감까지 곁들어서 종심이 나이에서 15년도 더 넘은 나이에 두 번째 시집을 내며 자신의 경륜과 속내를 드러내 보이며 직설법으로 우리와 대화를 청한다.

덧셈과 뺄셈의 삶!

그리스 수학자 유클리드는 몇 개 공리로 도형 문제를 푸는 유클리드 기하학을 집대성했다. 한 직선 밖의 점을 지나 그 직선에 평행한 직선은 하나, 등을 신봉한 유클리드 기하학은 2000년 넘게 수학 세계를 지배했다. 세상은 복잡해지고 원자의 미시세계와 팽창하는 우주의 거시세계를 넘나들며 인류의 지혜가 커지자 3차원 공간 세계에서 4차원 시공간으로 시야를 넓혔다. 직선 밖의 한 점에서 그 직선에 평행한 직선은 없을 수도 있고, 두 개 세 개일 수도 있다는 비유클리드 기하학이 등장하고, 우주를 해석하는 데 4차원으로는 부족하여 10차원 세계가 펼쳐지며 코시-리만의 곡면이 유력하게 통일장 이론은 완성할 도구로 등장했다. 우리 인생사도 사는 환경이 농경사회에서 산업화 사회, 정보화 사회 등으로 진화하며 인공지능 4차 산업 시대에 접어들었다. 우리 생을 살아가는 덧셈과 뺄셈의 방정식도 더 복잡하고 난해해졌다.

인생의 희로애락 오욕칠정이 뒤엉킨 긴 서사시다. 야촌은 정보가 넘쳐나는 현시대를 살며 사랑, 그리움, 향수 등을 뽑아내서 직설법으로 삶의 덧셈과 뺄셈의 한계를 뛰어넘으며 시로써 호소한다. 야촌은 수구초심의 마음으로 보고 싶고, 그립고, 잊을 수 없는 고향을 노래한다.

고향 떠나온 나그네
꿈속에서도 그리워 잠 못 이루고
늦가을 저녁노을도

찾아가서 함께하는 동네
보고파라 내 고향
…(중략)…
고향의 파란 하늘은 구름밭에 우물을 만들어
그리운 얼굴들을 비춰주기에
더할 것도 뺄 것도 없는 그 시절을 잊을 수 없어라

세월의 무늬는 겹겹이 쌓여지지만
생명의 불꽃이 다할 때까지
고향의 추억들은 더 선명(鮮明)해진다

– 〈보고파라 내 고향〉 중에서

봄이 오면
아파트 정원에 꽃들의 향기가 아무리 짙다 해도
고향 길가에 풀꽃들의 향기보다 더 짙을 수는 없겠지
…(중략)…
저 멀리 쪽빛의 하늘가에 몇 점의 흰 구름이 흘러가듯이
이제는 해질녘 산마루에 한 조각의 구름이 되었지만
지나온 고향 추억의 발자취는
그 어느 곳 어느 때나 잊을 수가 있으랴

– 〈고향이 그리워〉 중에서

야촌은 태어난 고향에 가까운 고산군군도의 천혜의 경관

도 그림을 그리듯 자세히 묘사한다. "군산항에서 45km 부근의 꽃점처럼 흩뿌려진 섬들/ 유인도 16 무인도 17 크고 작은 많은 섬들이/ 수놓고 있는 아름다운 꽃섬 군락지여" 하고 노래한다.

우리나라에서 효는 충과 함께 사람이 떠받들 가장 큰 미덕으로 치부된다. 유가의 기본 정신이며 불가에서도 효도는 가장 존중되는 법문이다. 모세 10계에서도 부모공경을 강조한다. 영어에 효라는 단어가 없다. 억지로 Devotion이라 영역하지만 우리가 느끼는 효의 개념과는 거리가 있다. 야촌은 망구의 나이에도 돌아가신 부모를 그리며, 휘영청 보름달 아래 가을이 오면 더 애틋하게 밀려오는 이제 만날 수 없는 아쉬움을 호소하며 뿌리의 소중함을 갈파한다.

정월대보름은 음력 새해 첫 보름날로
농사일의 시작을 알리는 날이다
…(중략)…
코로나 때문에 전통적인 행사는 취소되어 아쉽지만
휘영청 보름달은 올해도 변함없이 더 밝게 떠오르니
내 고향 산천과 천국에 계신 부모님이 더 보고파진다

대보름 아침은 오곡밥 잔채(묵은 나물) 귀밝이술(이명주) 부럼으로
지쳐 있는 가족 모두가 원기를 회복하고

저녁 대보름달을 바라보면서 고향의 옛 추억을 그리워하며
부모님도 천국에서 평온한 영생을 누리시기를

－〈정월대보름〉 중에서

가을에 한가위가 돌아오면
고향집 대문 활짝 열어 놓고
자식들을 기다리던 부모님
…(중략)…
가을 밤바람도 창가를 두드리며 귓가에 속삭인다
부모님의 사랑과 은혜는 한 아름의 추억들로
가슴뿐만 아니라 산소에도 고스란히
펼쳐 있으니 잊지 말고 살아가라고

－〈추석의 추억들이여〉 중에서

흐르는 세월의 조각들이 떨어지는
가을이 오면

길 위에 낙엽들이 나뒹굴고
소슬바람이 갈대숲을 스쳐가고
기러기가 적막한 연못 위를 날아가면

자식들을 사랑으로 품어주셨던
하늘에 계신 부모님이 보고파서

목이 메어 애타게 부르게 된다

고요한 가을밤에 둥근달이 떠오르고
별빛들도 속삭이면

부모님의 모습과 음성이 보이고 들리는 듯하여
아버님 어머님의 향기에 취하고 싶다
세월은 누구나 잡아 놓을 수 없기에
푸른 꿈속에 살았던 소년도
백발을 날리는 세월 속에
부모님의 추억과 그리움에 심한
가슴앓이를 하게 한다

가을이 깊어 갈수록
내 영혼도 깊어가고
삶에 빛과 길이 되어주신 부모님에게
전하고 싶은 인사는
사랑하고 존경합니다
감사합니다

– 〈가을이 오면〉 전문

고향의 푸른 하늘을 쳐다보니
하늘에 계신 부모님의 모습이

더 보고파 산소를 찾아가서 부모님과
함께 보냈지

-〈고향 나들이〉 중에서

붙잡을 수 없는 시간은 흐르고 또 흘러 하루가 가고 일 년이 가고 죽음이 눈앞에 닥쳐온다.

야촌은 지금까지 남을 배려하는 덧셈의 삶을 살아왔지만 이제 모든 것을 내려놓고 비우고 뺄셈의 삶으로 생을 아름답게 마감하고자 하며 벗들에게 사랑을 전하며, 후학에게 덧셈의 삶을 살아가기를 호소한다.

밀물이 들어오면서 하는 말
지금껏 덧셈의 삶으로 충실히 살아왔느냐고

썰물이 나가면서 하는 말
이제는 뺄셈의 삶으로 가볍게 살아가라고

해변에 처얼썩 부딪치는 파도
갈매기 무리의 힘찬 날갯짓은
지쳐 있는 삶에 활력을 충전하라네

-〈서해 바다를 가다〉 중에서

세상에서 가장 아름답고 소중한 것은

보거나 만지지 않아도 가슴으로 느낄 수 있는 것이 아닌가

- 〈4월이 찾아왔지만〉 중에서

야촌은 삶이란 한 조각 구름이 피어나고 사라지는 실상이기에 생명의 불꽃이 다할 때까지 참되고 지혜로운 삶으로 살아가는 나그네이기를 기원한다.

인간은 길 떠나는 나그네들 아닌가
인생여정은 세상이 바쁜 것인가
아니면 세월이 바쁜 것인가
…(중략)…
인생여정에 후회 없는 삶이란
청춘은 덧셈의 삶으로 꿈을 이루고
황혼은 뺄셈의 삶으로 삶의 여백을
나눔과 베풂으로 채워가는 여정이기를
…(중략)…
생명의 불꽃이 다할 때까지 영혼에 부끄럽지 않고
후회 없는 삶으로 살아가는 인생여정이어라

- 〈인생여정〉 중에서

야촌은 젊은이에게 큰 꿈을 가지고 멋지고 알찬 인생 설계를 당부하며 늙은이에게는 소박한 꿈을 가지고 아름다운 추억을 만들기를 부탁한다.

〈저녁노을의 속삭임〉에서 "받는 사랑보다 베푸는 사랑에 더 할애하라고" 이르며 "나눔과 감사의 마음으로 삶의 여백을 채우라고" 하고는 "저녁노을이여/ 고마워/ 후회 없는 삶을 살도록 일깨워 주"라고 기원한다.

야촌은 〈독도야 고마워〉에서 "100의 혜택을 받으면서/ 50의 보답도 못하는 우리에게/ 밀물이 들어올 때는 덧셈의 삶을 살고/ 썰물이 나갈 때는 뺄셈의 삶을 살아가라는/ 지혜도 일깨워 주"라고 기원한다.

야촌은 푸른 꿈을 꾸는 젊은이에게 말하기보다 듣기를 권하며 덧셈의 삶으로 푸른 꿈을 이루라고 조언한다.

야촌의 시상을 받쳐주는 아내, 秋野 이경자 화백의 삽화가 시집을 더욱 풍성하게 하며 시화전을 보는 듯한 흐뭇함을 느끼게 한다. 야촌은 그에 보답이라도 하듯 아내를 향한 사랑을 시집 곳곳에 숨겨 놨다.

그대 사랑의 온기와 헌신으로 평온한 삶을
지금껏 살아왔음에 감사드리오
…(중략)…
인생의 갈림길에 마지막 인사는
옆에 있어 주어서 고맙고
당신과 함께한 삶이어서 행복했노라고

– 〈사랑하는 임에게〉 중에서

덧셈과 뺄셈의 삶

지은이 / 장동수
펴낸이 / 김정희
펴낸곳 / 지구문학

03140, 서울시 종로구 종로17길 12, 215호(뉴파고다 빌딩)
전화 / (02)764-9679

등록 / 제1-A2301호(1998. 3. 19)

초판발행일 / 2023년 4월 25일

값 12,000원

E-mail/jigumunhak@hanmail.net

ISBN 979-11-91982-05-3 03810